Made in the USA
Las Vegas, NV
20 December 2024

15002031R00069